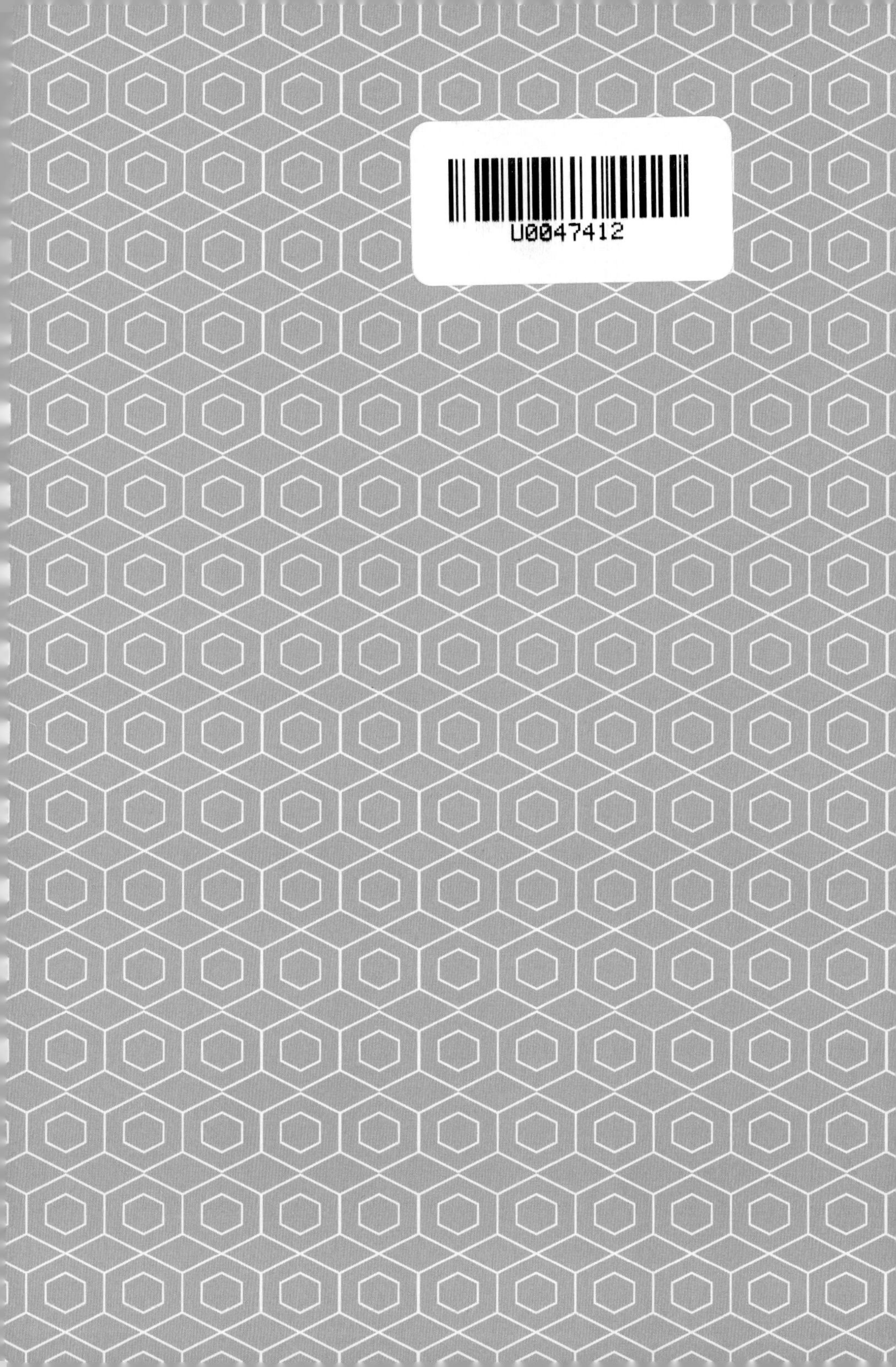

Q版烏龍院活寶

四格漫畫

第3卷

作者——敖幼祥

烏龍院活寶

人物介紹

長眉大師父

烏龍院大師父，面惡心善，不但武功蓋世，內力深厚，而且還直覺奇準喔！

大頭胖師父

菩薩臉孔的大頭胖師父，笑口常開，足智多謀。

大師兄阿亮

原先是烏龍院唯一的徒弟，在小師弟被收養後，升格為大師兄。有一身好體力，平常愚魯，但緊急時刻特別靈光。

烏龍小師弟

長相可愛、鬼靈精怪的小師弟，遇事都能冷靜對應，很受女孩子喜愛。

荷包蛋

神木村第一雕刻師林天一之妻，林天一入五老林尋找木材失蹤後便一直守寡。

春卷

神木村村民，荷包蛋的朋友，其夫也是木雕師，堅持入山尋找失蹤的弟兄。

小樹精

四小姐身邊的小精靈，平日看起來與一般孩童沒兩樣，在葫蘆幫闖入五老林時，聯合發揮法力整翻這群惡人。

四小姐

數年前來到神木村，木雕技術高超，身邊總是跟著一群小樹精和一隻白虎，真實身分是千年靈樹之一的「櫻之魂」。

白虎

四小姐的忠實守衛，勇猛護主。擁有任意變身的特殊能力。

五老林神木

五老林的千年靈樹：檜、榕、樟、楓。

目錄

第17話

櫻的咒怨魂

烏龍院
活寶

快告訴我關於五老林的事情。

七年前一場大火，燒了三十個晝夜，把整條村子都照亮了！

哇！損失一定很慘重……
沒錯……

我開的蠟燭店整整一個月沒有營業額……
倒店

五老林十分恐怖，
無人敢輕易進入。

多半是謠言
而已。
我們是不信
這邪的。
可是……

親自去
看個究竟!!
ZA
ZA

價錢太恐怖，
不敢輕易進……
買票！
五老林
景区
五千/人
CON!
CON!

烏龍院
活寶

七年前經歷大火災的五老林……
簡直是焦土！

到處都是燒焦的痕跡，太慘了！

順著這股味道，也許能找到什麼線索!!
空氣中也瀰漫著濃烈的焦味！

哇！真是靠山吃山的傢伙！
焦林烧烤场

這裡好陰森！
我……怕……

據說這裡經常有
四隻眼、六隻手、
三條腿的怪物出現！

笨蛋膽小鬼！
編出來的也信！
哈哈！

天啊！眉毛這麼長
的人類！嚇死我了！

這棵怪樹怎麼像
人類扭曲的身體？

因為……我是被
女妖詛咒變成樹的
木雕師……
格嗒－格嗒
格嗒
格嗒

動不了一定很辛苦，
我決定幫你一把！
太好了！

私人珍藏的尿壺！
送給你！還是發聲
限定版喔！
嘎
嘎
……

十三棵怪樹！
多出一棵肯定是女妖扮的！

真相就是……那邊的蘋果樹就是女妖 !!
!!

果然名不虛傳！烏龍院的高手一下子就猜中了！

因為那兩顆蘋果太誘人了！

烏龍院
活寶

怪樹開始變化成
女妖啦!!

等等!!
我們人數比她多！
幹嘛要怕她?!

沒錯!!
怕她是小狗！
我去教訓她!!

女俠饒命！還是
妳手腳比較多！

你感覺怎樣啦？
痛
痛
痛

到底是怎樣
個痛法呀？
真有那麼
痛嗎？
害得你哭得
這麼厲害嗎？
很煩啦！
問來問去就
是很痛嘛!!
哎喲!!

你真的想知道我
的感受嗎？
我倒真想
知道呢！

爽了吧——？

烏龍院
活寶

只有憑著她留下的一撮頭髮尋找了！
女妖失去蹤影了……

聞下氣味！用你的大鼻去追蹤！
嗅
嗅

近啦!!
嗅
嗅
怎樣啦？
嗅
嗅
嗅
嗅
嗅

理髮店呀!!

到處都是枯樹呢！
悲涼！

一定是假的！
竟然有櫻花！

瞎扯！這裡周圍都是枯木，寸草不生！
不，這是真的櫻花！

啪嗒！
因為枯樹都是假的。
啪嗒！

烏龍院
活寶

原來四小姐住這麼
隱蔽的地方！

一定是看破紅塵，
隱居於此！
世外高人。

吾輩自愧不如 !!
……

市區房子為什麼這麼貴呀 ?!
害本小姐要屈就在這種地方 !!
哇
哇
哇
哇
哇

為什麼妳刻的
觀音沒有臉？

因為我想把自己
的臉刻上去！

拿鏡子對著刻
不就完了嗎？
我借給
妳吧。

只因為最近臉上抱歉，
長了青春痘……

烏龍院
活寶

原來妳們是黑道中人!!

各位想必是殺人不眨眼、心狠手辣之人吧……

那是當然的了!!

我這人心軟下不了手，想麻煩眾位殺隻雞！

要不惜一切代價打
聽烏龍院的下落。

打聽到了，
在五百里外
的五老林！
這麼遠
呀……

趕快騎馬去追!!
不是……

大姐要租馬嗎？
每小時一百元。
為了問路，我把
馬賣了……

烏龍院
活寶

這裡就是五老林，
好陰森的感覺……

好冷！
早知道多穿
點衣服。
都起雞皮
疙瘩了……
噴
嚏!!

幸虧叫馬臉帶了衣
服，快拿出來！

存心找碴嗎?!

周圍陰森森的，
感覺很恐怖……

把林公公放出來
當保鑣吧！
這破人能
做什麼？

你們這是什麼話，
這可是經過改裝
的林公公！
哦？
很帥嗎 ?!

太可愛
了吧！
完全沒有
安全感 !!!

烏龍院
活寶

放我出去！
放我出去！
放我出去，
快放我出去！
吵死了!!時辰還沒到，再給我忍忍!!
哐
哐
哐
哐

放我出去！不能忍了
哐
咚
哐

真是沒鳥的不是男人！一點耐性都沒有！

終於釋放了，嗯啊……
噗哧

好陰森的
森林……
大姐快把林公公
放出來吧！

咦？這有個
按鈕？
快點啦！
Bi

糟糕！難道那是自爆裝置?!

恭喜你
中獎！
衛生棉
一包！
Jump

烏龍院
活寶

放我出去
哐！鏜！
哐

如果有辦法讓這傢伙早點出來就好了！
鏜
哐
哐
哐

嗯！好像書上有說明。
行的話馬上試一試！

用母雞孵吧！
咯咯

新的肌甲
感覺如何？
蠕动~
控制不了
身體……

要用意念力！
用意念去控制肌甲!!

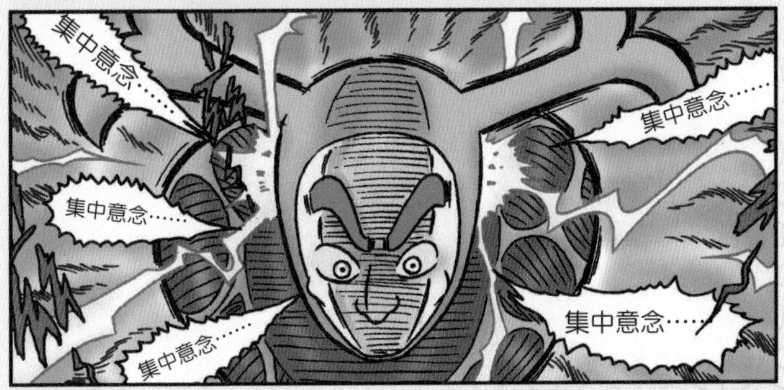
集中意念……
集中意念……
集中意念……
集中意念……
集中意念……

你腦子裡在想什麼?!
啪!

烏龍院
活寶

煉丹師說過，通過意念能自由操縱肌甲型態。
蠕動~

太好了！這正是我擺脫太監命運的絕好時機!!
猛男

HA HA HA HA HA HA HA HA HA HA

這是什麼
破身體……

要以意念
控制型態！

手手
手
手
手
手
手
手
手
手
手
手手手

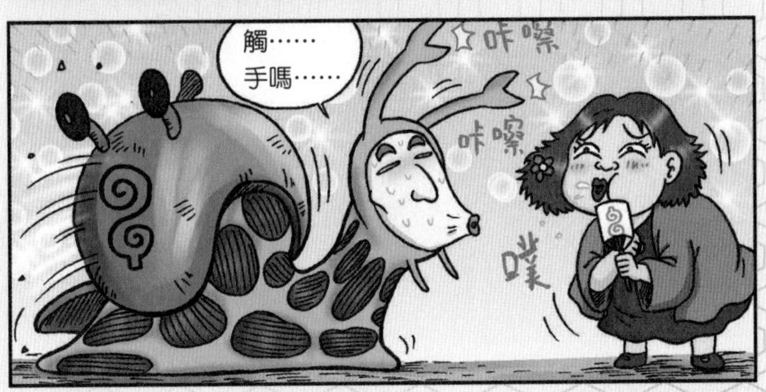
觸……
手嗎……
咔嚓
咔嚓
噗

烏龍院
活寶

這身肌甲有點笨重呢！像個大肉團。

煉丹師怕你不滿意，又準備了第二套肌甲。

第二套肌甲會合身嗎？
超完美的！而且是量身打造！

「雞」甲還會下蛋 !!
咯
咯
咯
咯

第18話
悲情木蕊毒

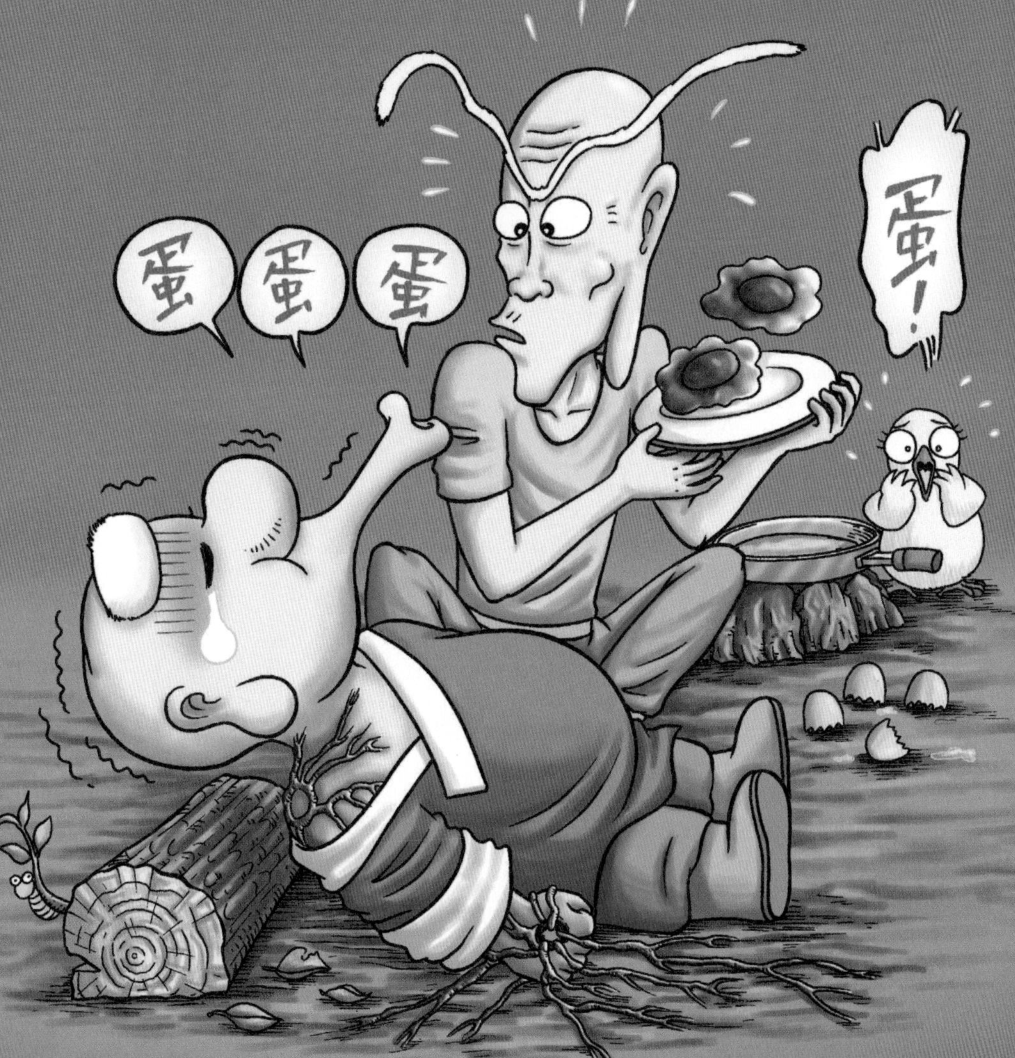

烏龍院
活寶

怪物啊!!
不好！
行跡暴露了！

WAAAA
她們逃跑了，
怎麼辦？!

絕不能讓她們
回村裡報告給
其他人呀！

我們馬上就去把
村裡的人打昏！
大姐頭殼
燒壞了嗎？
妳自己去幹
這種傻事吧！

扮鬼嚇人一定很有趣！

我死得好慘啊——

請問妳是哪位？
完全不怕。

AWOO
難道妳是
春捲的老公？

烏龍院
活寶

不妙！
手中毒
太深了！
怎麼辦？!

用嘴巴把
毒吸出來！

手果然沒事了！
咳
咳
咳

但是
我的嘴巴
中毒了！
鬼啊 !!

我好餓⋯⋯
叢林之中
何處覓食？
咕嚕嚕嚕⋯⋯

只有犧牲自己，
割下我的⋯⋯
長眉⋯⋯

他要割下自己的
肉給我充飢，
患難見
真情呀！

我只好割下我的
眉毛給你充飢了！
咻
噗通

烏龍院
活寶

臨死前想吃什麼
儘管說吧！
我做給你！

我想吃烤鴨、雞腿、
烤乳豬、龍蝦、
熊掌……

木的!!

可憐！有什麼心願
跟我說吧！

好餓，
想吃煎蛋。
好！我去煎！

長眉幾十年沒下
過廚房，能為我
而破例嗎……

先放油還是先放蛋？
TOM
算了，還是
我自己來吧！

烏龍院
活寶

煎個蛋，還要劈柴燒火，真麻煩！

還是用我的「純陽烏龍內功」來做吧！

HONLON!

你是在做炸蛋嗎？

臭男人！竟敢
睡在我床上！

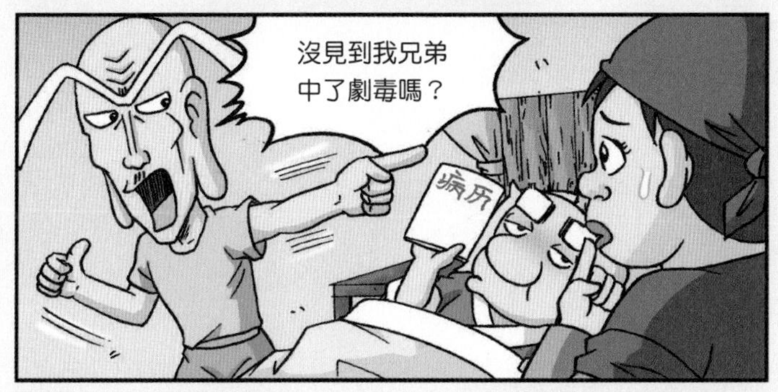
沒見到我兄弟
中了劇毒嗎？
病历

其實我倒不是
太在意啦……

只是我有剋夫相，
這床上死過十個
男人了。

烏龍院
活寶

我兄弟受傷了，
借妳的床躺一下。

我媽說寡婦的床不能
隨便給男人睡……

如此守節，
令我敬佩！
我們不打擾了。

我媽又說，一個床位
收八百，小費隨便。

唉
終於可以躺下休息了。
這幾天你被折磨得夠嗆了！

居然睡我的床？
快滾!!

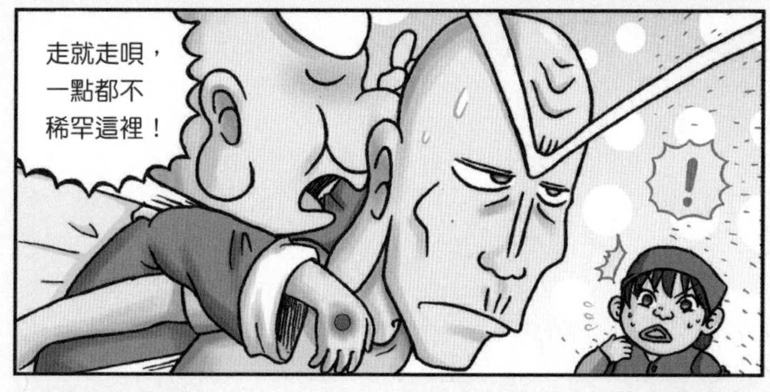
走就走唄，一點都不稀罕這裡！
!

老賊搶床呀!!

烏龍院
活寶

天吶！他的手已經開始木化啦！

怎麼會這樣？
被山神詛咒的結果！

你幹什麼？

瓷杯容易打爛，叫山神幫忙詛咒成木頭的！

砍掉手臂，
不然蔓延到整
個身體就全變
成木頭！

真是難以
抉擇！
砍。
不砍。
砍。
不砍。
砍。
不砍。
快點呀！

砍!!!

就不能找
朵花瓣少的
來掰嗎？

烏龍院
活寶

好冷!!
哈啾！
生一堆火
取暖吧！

忘記帶火柴！
只好鑽木
取火了！

SO SO SO SO SO
SO SO SO SO SO
SO SO SO SO SO

好熱，不用
生火取暖了！

我很餓，除非給我東西吃。
快說出活寶的消息！

把我們的乾糧給你，吃完快說！

活寶就是……
是什麼？

要活著就得吃飽（寶）！

烏龍院
活寶

哎喲，這不是長眉老頭嗎？
怎麼一個人呢？
你的傻徒弟們呢？
不能讓她們
發現大獎！
沒來，就我
一個人。

你來五老林不就是為了
一樣東西嗎？呵呵！
原來你是想獨吞！

你說得沒錯！
假惺惺的老狐狸終於
原形畢露了嗎？

交出荷包蛋！
否則殺無赦！
原來只是為了
荷包蛋？

讓你見識一下
我的新武器！

是林公公！

沒想到變成這樣
你還認得我！

不穿褲子的太監，
一眼就能認出！

烏龍院
活寶

現在我的手腳
比你多一倍，
怕了吧 ?!

為什麼？
這麼多手腳！
我為你可悲呀！

每次買鞋襪
都要買多一倍！
哇！我不
幹了 !!

感覺怎麼樣？
我新的無敵之軀！

我可是刑部的
拷問王！
叫你痛不欲生，
求死不能！

哈……放過
我……哈哈！
讓我死……
哈哈哈哈！
哈哈……
我快……
笑死了……

怎麼變成你自己給弄得
痛不欲生，求死不能了?!

烏龍院
活寶

有本事來
抓我啊！
可惡！

YA
哇！這下子
完了！

大膽！
快給我住手！

……
罰款
十萬元。
你涉嫌破壞
國寶樹。
這下
你完了！

長眉！
休想逃跑！
糟！

金蟬脫殼！

什麼
怪味道？
一股臭鹹魚味！

拜託還我吧！我就
只有那麼一條！

烏龍院
活寶

想辦法去
抓住長眉！

用了迷藥才把他
抓回來。
太好了!!

快逼問他活寶的下落！

不行！這藥用得過量
已經把他毒啞了！
呃
呃
呃

好強！
脫不了身啦！

長眉，
我來救你！

不行，他手很強壯，
你砍不斷他！

那就只好砍斷
你的手了！

放開我，不然
你會後悔的！

林氏
字典
我的字典裡從來都沒有
「後悔」這個詞！

手上的斑點是什麼？

後悔了！
後悔了！
嘿嘿，最近染
上了手癬。
哇

第19話
改造肌甲男

趕快招吧！
活寶在哪裡？
我……
我……
不知道！

不知好歹的
老頭！
姐妹們上去
逼他招供。
是！
是！
是！

我踩!!
踩死你！
踩扁你！
不要……
不要……

不要停呀！
你們不愧是服務
業，按摩技術
真舒服。
職業病
又犯了!!

第19話 改造肌甲男

怎麼樣！
癢吧！
快給我招出
活寶在哪兒？
哈……別撓！
你這隻……
螃蟹公……！
哈

竟敢說我是
螃蟹公！
看我夾斷
你雙手！
有螃蟹？

哇哇哇哇
螃蟹！
好大的螃蟹！

烏龍院
活寶

真沒用！
讓他們逃跑了！
抱歉！

大姐別罵啦！他也
不是一無是處嘛！
林公公也有
優點的一面！

這樣的廢物
有個屁用！
當然有用啦！

他可以幫我們
同時按摩！
各位大姐
舒服嗎？

頭上冒出樹芽啦！
哇！

毒已蔓延到腦袋！
怎麼辦？
怎麼辦？
怎麼辦？
怎麼辦？
怎麼辦？
怎麼辦？

你別慌！
我有辦法了！

這種除草劑
效果特好！
除草劑
×G#$Z

第19話 改造肌甲男

烏龍院
活寶

你的大光頭
長出了頭髮！

這不是頭髮！是樹芽！
毒已經蔓延到頭部了！

不可原諒！
算了吧，
這是命。

管他頭髮還是樹
芽！你頭上長出毛
來我就是不爽！
你幹什麼！

呼
呼
呼

怎麼越來越多
小鳥？

想不到小鳥也有
惻隱之心吶！

綠樹被人
砍完了。
這棵大頭樹
很新鮮。
在上面多生
幾窩蛋。

烏龍院
活寶

不用管我了！
我快木化了！
大頭……

你就是真的木化了，
我也要陪著你！
絕不會
捨棄你的！

長眉！我們的
友誼是海枯石
爛的……

GARRRRRRR
等你完全木化
後，做成一張床
永遠當紀念。
你這老
鬼……

迷路了！
你的大鼻子能聞出村子的方向嗎？

傷得太嚴重，啥都聞不到……

沒關係！用我的吧！
你的行嗎？

S
N
來，走這邊！

烏龍院
活寶

活寶是什麼？
四小姐，

活寶具有長生不老的永恆力量。

四小姐找活寶是為了復活五老林！
真偉大！

一定要找到活寶，讓我的寵物小白復活。
噁心，都死了六年啦！
小白之墓

四小姐，我們打聽出
闖入者的目的。

那兩個老頭到
五老林做什麼？
哦！
妳不必太緊張，他們並
不是衝著活寶而來。

他們只是因為
沒錢而來找東西
吃的。

一粒米都不能留給那兩老頭！

四小姐！
我們也要活寶！
不行！那東西會
招來爭奪之災的！

可是村裡的小孩都
有，我們也要啦！
不會吧?!

藏著活寶的
地點，只有
我才知道啊！

烏龍書店
我也要。
老闆，
我要兩本
《活寶》！
我們也要
《活寶》！
原來如此！

報告四小姐，入侵者的目的是
一樣叫作「活寶」的東西！

哼！這幫貪婪的人類，胃口
已經膨脹得那麼大了嗎？

把他們統統
抓起來煮了！

四小姐也很貪婪，
吃這麼多不胖死！

烏龍院
活寶

活寶能改變
我們的命運，
能讓五老林
起死回生！

既然如此，四小姐為何
不快去搶過來呢？

我已經嘗試
許多次都沒
有成功，
那是需要偉大的
勇氣去挑戰的！

W C
因為木將軍竟將
活寶藏在男廁裡！

四小姐，又有
一隊人馬進入了
五老林！

又是來搶
活寶的！
哼！

他們是來找四小姐
談生意的。

她才是貪婪的
暴利公主！
哇！
人不可貌相！
一棵樹三萬，
十年以上的
每棵八萬！

烏龍院
活寶

去把那些外來人嚇走！

原來是馬臉！
嘻嘻！嚇破膽了吧！

平常被她嚇得習慣了，一點都不可怕。

我受傷了，快幫我
清理傷口！
噁心！

這種活由妳
去做！
不公平，為什麼
不叫她們？

因為……
因為……
因為這種活……

這種活是要美女
去幹的！
我是！
醜女超容易
哄的！

烏龍院
活寶

去嚇她們。

歡迎各位！
哇！有鬼！

人類真是膽小！
嘻……

鬼呀！
吵什麼呀？
早上還沒
化妝呢！

鬼呀！

嗚哇——！

速度驚人！
四條腿就是不一樣。

烏龍院
活寶

讓我來
嚇她們。

奇怪，這幫人怎麼
膽子這麼大？

整天對著馬臉，哪種恐怖
模樣沒見過？
就是！

大姐……有……
有鬼！

怕什麼？
妳們四個真沒膽！

大姐！膽交給妳了！
妳去打吧！

烏龍院
活寶

如何處置她們？

埋了她們當肥料？

全身都是假的！
不要這種手術肥料！

真沒用！
一下子被嚇暈！

要嚇我嗎？我可是看《聊齋》長大的！

媽呀！
好醜好嚇人啊——！

EEEK!

第20話

HA
HO
WE
HAHA~~

四小姐之謎

烏龍院
活寶

四小姐的模樣
果然嚇人！

把她們都
殺了嗎？

不行，這個
不能殺！

殺了她，我就成為
世界第一醜的了！

你已經中了櫻毒，會漸漸變成一棵人肉樹！

我認命了……在變成樹之前，我有個願望請女妖大人成全。
你說吧！

請妳一定要把我變成一棵公樹！
……

……

烏龍院
活寶

毒已蔓延
全身。
絕不讓
你死！

用全身內力
把毒逼出來！

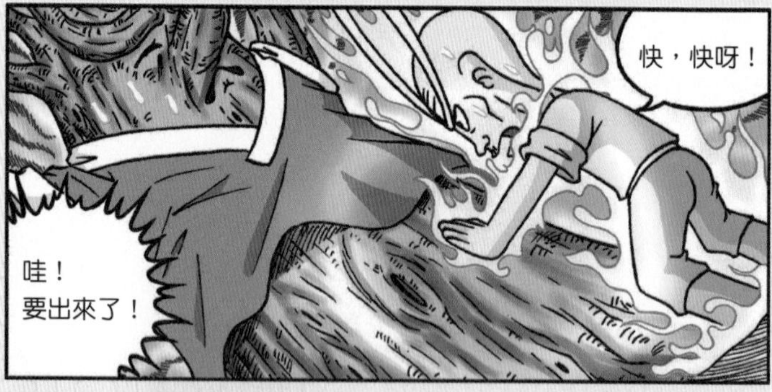
快，快呀！
哇！
要出來了！

PU
是把尿逼
出來了！

身體好冷，
看來我快死了。

我要以內力
逼出你體內
毒素！

熱！
熱！
熱！
有效了！
再加把勁！

燒著了！
快幫我滅火！

毒素蔓延，
就快到末期了。
我……
我……

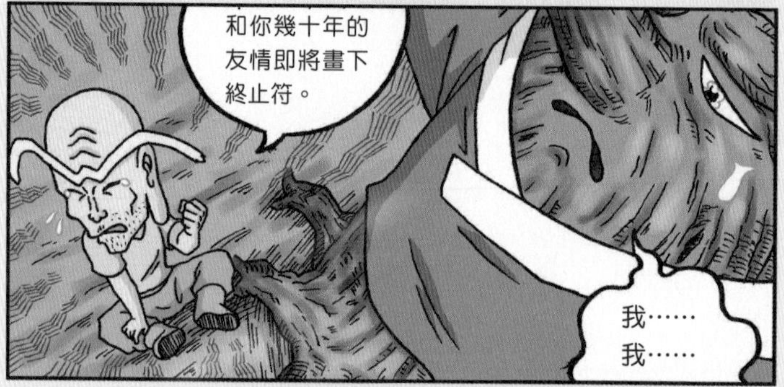
和你幾十年的
友情即將畫下
終止符。
我……
我……

還有什麼遺言，
就痛快說出來吧！
我……
我……

HA HA HA HA HA HA
幾十年了，這
回終於比你這
老猴高啦！

大頭中的櫻花毒，一定和四小姐有關！

要先發制人，出其不意！
JUMP

咤！
KANG

慘！被敵方先發制人。
哇！色狼！

烏龍院
活寶

看來還是
不宜硬闖。
!

烏龍
通地功！

糟！曝光了！
立刻變身！

四小姐！廚房有隻
像人那麼大的蟑螂！
好可怕！

完了！木身暴露！
被他發現了啦！

妹妹我找妳
好苦喔！
YEAK!

烏龍院
活寶

送給妳！

好香的花呀！
真的送給我？

是那胖和尚！
別裝蒜！這花苞
是我兄弟的！

那你轉告他娘，
追我得先減肥！
完全搞錯了！

居然強行闖進
我的地方！

你去好好招呼一下
這位客人！
?
EN

笨虎！
誰叫你端茶的？
謝謝！

烏龍院
活寶

快告訴我！四小姐是何方妖物？
吼！

裝傻貓嗎？
PUNCH
吼！
吼！
吼！

真是冥頑不靈！
吼！
吼！
吼！
吼！
吼！

笨老頭！怪你自己聽不懂虎語！
虎语
虎语
（入门篇）

這是我兄弟中毒
後開出的花苞，
怎麼回事？

以前從來
沒發生過
這種事！

我明白了！
?!

一定是他頭大，
養分比較多的
緣故！

烏龍院
活寶

快交出解藥，不然
我就踏平這裡。

只怕你沒這個能力！

我捶！我捶捶捶！
KOO

麻煩把這裡
也踏平吧！
啊！我很忙！
先走一步！

哎呀！

EN—
好慘吶！

EEK
WAOO

拔牙費一顆三百元！
說過多少次要你睡前記得刷牙！

烏龍院
活寶

YADA
PUNCH

我乃
武松再世！

你虐待動物，
判罰金十萬！
罰金
10万

罰金
20万
你私自收養
保護級動物，
加倍罰款！
罰單

為了不讓別人取笑我們櫻木妖精是髒鬼，要全面大掃除！

不好了四小姐！那邊地板上有很可怕的蟲子！

真沒用，小蟲子都怕，還怎麼去嚇人！

哇！是專門蛀木頭的白蟻！
BO!

烏龍院
活寶

勒死你!!

喝!

這裡居然養
木頭小鬼!

沒見識,這是
市面上的新玩具
——長江八號。
老土。

女妖在哪？我要
向她拿解藥！
SLAM

即使找到她也
不會有解藥的。
SLAM

她配出毒藥，
就必有配解藥。

但是臨床試驗
失敗了。
算了，還是
不要了。

烏龍院
活寶

女妖接招！

PA!
PA!

佛像飄出仙樂，
顯靈了嗎？

哇！掌力被評為
不及格。
59
遜斃了！

我的佛像……

天天刻佛像有何用？
……
活人都
救不了，

不刻佛像，我喝西北風啊？
賠我！

烏龍院
活寶

你要找女妖嗎？
我帶你去！
哼！
敢耍花樣我
饒不了妳！

好詭異的地方！

女妖在哪兒？
喂！

女妖洞
老頭想找哪個
女妖呀？

有這東西就可以
照出霧中怪物了！

不會吧！二齒魔又出現了！

快逃啊——
WAAAAAA
?

烏龍院
活寶

好濃的霧啊！
伸手不見
五指！

抓緊我了，
不要走散吶！

終於穿出霧林，
幸好沒事！

討厭！
一直牽著人家
的玉手。
EEEK
WAAAAA

第21話
患難見真情

烏龍院
活寶

人家想要
「嗯嗯」了！
走遠點!!
噗

這裡可以了吧？
再遠點！
噗

這裡總可以
了吧？
還差點，
再遠點!!
噗
噗

已經不可能
再遠了!!
？
繞地球一圈啦！

孽徒！
竟敢在為師
身旁放肆地
拉屎？!
噗！

哇！那邊有
怪物出現啦！
什……什麼
樣子的？

哦——
那倒是沒有
看清楚……
哪是什麼
怪物……
肯定是你太
用力拉屎而
眼花吧！

可是裝誰不好？
非說自己是又肥又矮
的胖師父……
世間罕有的
怪物呀……

烏龍院
活寶

你要證明你是胖師父的話，就回答我的問題！
問吧！

本帥哥昨晚吃的晚餐是什麼？
昨晚我又沒跟你一起。

什麼話嘛！如果是胖師父一定知道的，因為……
噗！

因為小時候胖師父聞到我的屁，就知道我前一天晚上偷吃了什麼。
倒

第21話
患難見真情

大膽妖孽！
竟敢冒充
胖師父?!

我要
鋸了你
為胖師父
報仇!!

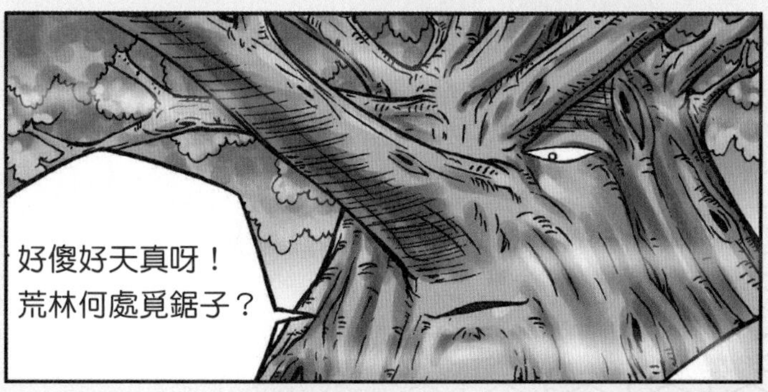
好傻好天真呀！
荒林何處覓鋸子？

鋸完才
准回家!!
虐待狂。
ZA
ZA
ZA

烏龍院
活寶

我要鋸了你
為師父報仇!!
傻徒弟!
荒林裡哪來
的鋸子?!

這你就
不必擔心!
我有鐵堡堡主
送我的法寶!!

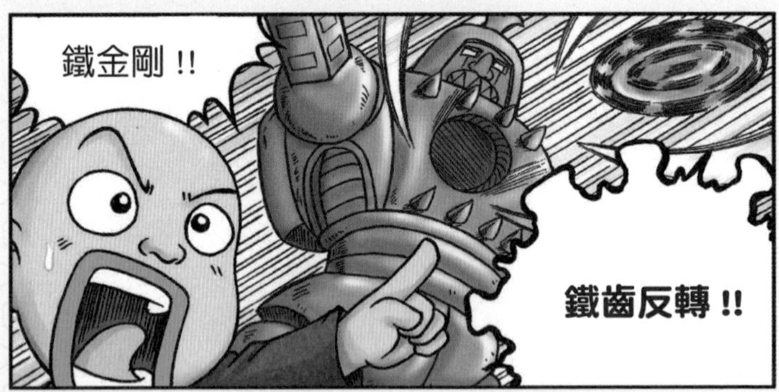
鐵金剛!!
鐵齒反轉!!

什麼鬼玩意兒?
鐵金剛限定版
機動玩具……
咚!

冒充胖師父！
我砍了你!!
我……
我真的是
胖師父呀！

你屁股上有
三顆痣，
枕頭下有封寫給
阿桃的情書！
床底下的漫畫書
是我偷去
看的……

真……真的
是胖師父!!
終於……
不用砍我了！

竟然做了這麼多
對不起我的事!!
焚燒處分！

烏龍院
活寶

傻徒弟還是一如既往地沒長進呀！
少裝我師父說話的口氣！
他曾跟我說過我不是傻瓜！

那我說過你是什麼呢？
不怕告訴你，胖師父曾經說過我是……
嘿嘿！

將來必定是號令天下的……
他曾說我天資聰穎、潛質過人！絕非池中之物！將來必定是號令天下的……
WA
WA
WA
WA
武林盟主

果然真的是胖師父!!
宇宙超級無敵大白癡!!

你師兄跑去哪裡拉屎啦？
順著臭味找吧！

大師兄幾天沒有洗澡，就會有特殊味道！

越來越濃烈了……
挺住……
證明已經很接近了……

臭豆腐!!
臭名远扬臭豆腐王
臭

烏龍院
活寶

小師弟
快來!!
胖師父
出事啦!!

不怕！瞧瞧我新
學會的劍法吧!!

沒事了！
胖師父呢？
好厲害呢！

胖師父減肥
成功了……
好刀法……

我帶你去
五老林主根。

下面
左
向右

妳如何對此地
瞭若指掌？

因為我的眼睛
是指南針！
格嗒
格嗒
格嗒

烏龍院
活寶

五老林主根入侵，
這裡滿布陷阱！

你一定
要小心
腳下……
哦？

栽在自己家
的陷阱裡！
太遜了吧!!

這是我家的自動
變裝設備！
是不錯啦……

五老林是
木將軍布下
的一個陣。

難以置信
五老林竟然是
人工建造的，
簡直是
鬼斧神工。

這塊造型精奇，規
則中帶幾分自然，
細膩中帶幾分豪
放的石頭……
如果是人
工做的話，
真有點不
可思議！

那是小白的虎屎
風乾後的便塚……
吼……

烏龍院
活寶

妳說五老林是人工建造的，我是怎麼也不會相信的了。
信不信由你！

這門後面就是五老林主根了！
芝麻開門！

怎麼回事？沒反應了？
難道密碼錯了？

欠繳電費，供電局切斷五老林的電啦！
果然是人工的……
殘酷的現實。

第21話 患難見真情

我家布滿陷阱，
你們這些貪婪的
人類要小心囉……
想當年我闖蕩江湖，
什麼陷阱沒見過？

哇！竟然有
這麼大顆元寶？!

哼！這種膚淺老套的
陷阱，太沒水準了！
想用這種東西騙我？
妄想吧！

元寶……
元寶……
太蠢啦！
哈哈哈哈哈哈哈！

要拿活寶，
必須有鑰匙才行！

鑰匙我有!!
真的？

當年我可是
威震四方的
「神眉鎖王」。

可這個鎖
有點特別。
大得太誇張了!!

禁地由千年靈樹守護，
不讓人類進入。
咦？那該
怎麼辦？

不怕，他們都很老
糊塗了，很好騙的。

四妹！妳竟然
膽敢帶陌生人類
來到禁地?!

一隻蟑螂而已，
人類哪來那麼長
的眉毛？
哦，原來如此。

烏龍院
活寶

不怕告訴你，
我就是紅髮女妖。

竟然……
被妳騙到……
哈哈哈
哈哈哈！

幾十年的
易容術，
你以為是
白搭的嗎！
SLAMP

小學妹不要
太自鳴得意！
討厭！你是大野狼！

你去找出
金鑰匙！
我就可以
取出活寶！
那為何妳
自己不去找？

恐怕一旦我離開
五老林，你的兄弟
就會沒命。
死

胡扯！
以為我是三歲
小孩相信妳嗎？
以為我是
小樹苗會相信
妳的話嗎？

一旦我離開五
老林，開發商就
會來砍樹……
原來是釘
子戶……

她把我兄弟變成樹人！

他破牆私闖我宅、傷我寵物、毀我財務，甚至非禮女童，現在還想對我下手！
!!

明明只是個畫畫的人，卻突然當上了法官。
明明拖稿了卻不得不停下來，幹些毫無相關的繁瑣雜事……

改編成四小姐變木樹人去擊垮烏龍院 !!
為什麼還是感覺很不爽？

等到花瓣落盡之時，
就是我魂斷之日。

不怕！
我有辦法！
我去把花黏回去!!

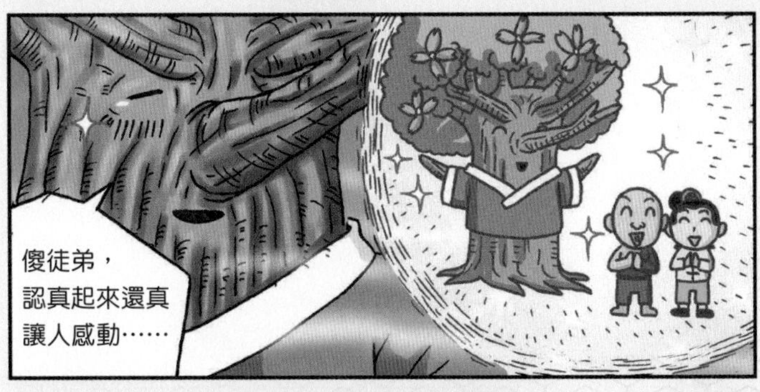
傻徒弟，
認真起來還真
讓人感動……

真丟臉，
黏到褲襠。
現實與夢想是有
很大差距的……

烏龍院
活寶

笨蛋！
你這麼重想壓斷
我的鼻子嗎？
我來幫你
把花黏回去!!

我最輕，讓我
幫忙黏花吧。

嗯，小女孩
天真可愛……

快把
這惡魔
拖走！
不夠高，
釘個木板！

怎麼辦？大師父
還沒回來！

難道在路上
被熊吃了?!

胡說！大師父一拳
就能把熊放倒！

哈啾!!
肯定是徒弟們
在說我壞話……
熊爺們……
饒命……

耶！
大師父回來囉！

大師父
掏東西了！
肯定是解藥!!
解藥
解藥

來，
一人一包拿好！
咦？不是我們
中毒呀……

賣解藥廠商贈送
的擦淚紙巾……

第22話
解救胖師父

烏龍院
活寶

沒有解藥？

那胖師父豈不只能等死了——

讓我們永遠記住這悲傷的日子吧！
嗯！
嗯！

悲傷個屁，明明就是廢物利用！

我去安慰一下
胖師父！

都怪我
沒用呀！
害你受這麼
苦的折磨！

我愧對你呀！

人終有一死，
別傷心，
看開點……
到底誰安慰誰？

烏龍院
活寶

胖師父不要死！你走了誰來教育我呢？
唉！

你不在，我也不想待在烏龍院了！
爬

還是大徒弟對我好！

是因為怕被我揍時，沒人替他求情吧！
被發現了！

現在我們
怎麼辦？
坐下，陪我
度過人生最後
一程！
唉！

不許搓麻將！
胡！

靜
傻O
×4

算了，繼續打吧！
還是想開點好！
耶！
搓麻將了!!

烏龍院
活寶

你們先回
烏龍院吧！
大師父不回去嗎？
唉！

我在這陪伴師父
直到油盡燈枯！

油盡燈枯！
偉大的
兄弟情誼！

這種太陽能燈泡能用
五十年，你慢慢等吧！

大師父不回去，那我是不是可以去做烏龍院掌門了？

大徒弟，為師早已準備把掌門傳給你！

耶！
終於熬出頭啦！

你好好「掌門」吧！
肥树奇观
老狐狸！
门票10元
噗噗！

烏龍院
活寶

右跳災！
左跳喜！

一定有好事發生！
左眉跳喜！

胖師父都變成樹了！還能有什麼好事？
唉！
唉！
唉！

剛好又餓又渴！
耶！胖師父結果子啦！

他死不了的，
肥肚脂肪多，
還能撐好幾天！

小艾飛在安慰我吧！

對呀！死不了的！
肚子裡脂肪多！

只不過挨餓一個月
比死翹翹更痛苦！

烏龍院
活寶

對呀，艾飛可以
救胖師父！

瞎鬧！黃毛丫頭
能救得了什麼？

住手！
PENG

剛救了一隻螞蟻。
厲害！

艾飛就是
活寶！
胡說！

艾飛就是
活寶嘛！
還在掰！
再不改口，
會繼續
被打的。

既然大師父不相信，
艾飛就不是活寶了！

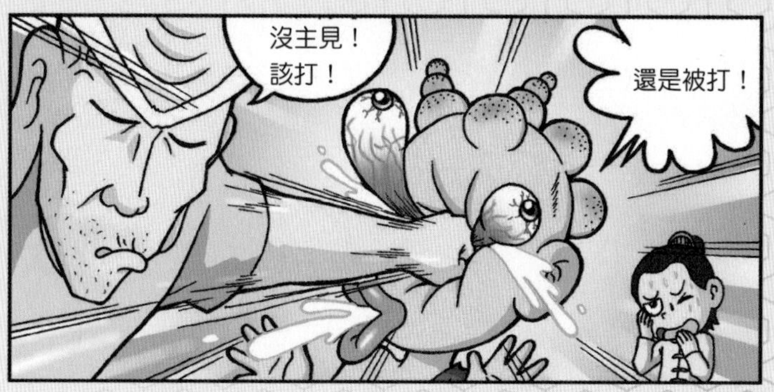
沒主見！
該打！
還是被打！

烏龍院
活寶

讓我告訴大師父，艾飛就是活寶！
你說的話大師父才不會相信！

那我說反話，他就會相信囉！

大師父，我悄悄地告訴你一個祕密！
啥咪？
艾飛絕對不是活寶！

我真的很佩服你的天才……
你說什麼廢話！把我當白痴嗎？

召喚大樹壓
你，承認我是
活寶了吧？
HOM

DON
還不承認？
繼續加壓！

拜託別再
壓我師父！
哼！誰叫他不說
我是活寶！
KOM
哇！

唔
唔
唔
因為太重，
咬到舌頭啦！
冤枉老
頭子了。

烏龍院
活寶

你快向大師父證明，
妳就是活寶！

長眉！
你給我聽著！
我必須讓你
看一樣東西！

這就是附在我
身上的活寶本尊！
Hi ！

大驚小怪！
Hey ！
我的才
夠生猛！

我是活寶，
不是艾飛！

行了！我承認
妳不是艾飛！

大師父終於
承認了！
倔強的老頭
覺悟啦！

妳一定是
紅髮蘿蔔
小妖精！
哇！

烏龍院
活寶

妳真的是活寶？
當然！

你去驗
一下貨！
嗯。
想幹什麼？

居然頂住了！
果然是活寶！

集合功力，
這次一定可以
逼出櫻毒。

這樣子太
娘娘腔了。

再用力點！

啊——
哈哈哈哈！
很有男子
氣概啊！

烏龍院
活寶

妳先救我兄弟！
先帶我找
活寶！

決戰吧！
誰贏就跟誰走。

小女娃，
我一掌就
把妳……

哎！
剪刀，哈哈，
我贏了！
……

艾飛體質虛弱，
我難以發揮功力
為胖師父解毒。
我夠壯啦！
附我身上吧！

活寶屬陰，你被附身
就不是男人了。

我有個好辦法!!

這位女士
內力深厚。
我絕不！

目前我救不了他！
為什麼？

他的脂肪太厚，
要用十倍功力才行。

怎麼辦吶？
別擔心，
我有辦法。

租用吸脂蟲，
吸一斤三百元。

我深入
五老林，
你們能保護
胖師父嗎？
能！

胖師父放心，
我們寸步不離！
乖！

搞點餘興節目
讓師父解解悶！
好主意！

太扯了!!

烏龍院
活寶

我們得快點去
找到活寶！
是妳跑得
太慢罷了！

PU！
哇！四條腿
果然快！

大師父，我們也來
玩四條腿跑吧！
？

哈哈！真笨。
……
哈哈。

呀！
有老虎！
給我納命來!!

誰?!
咕嚕
咕嚕
咕嚕
?
是誰?!

咕嚕
咕嚕
咕嚕
咕嚕
愈來愈大聲了……
我不想被
吃掉啦！

我咧！
咕嚕
咕嚕
咕嚕
已經好幾天
沒吃了……

第23話
智鬥葫蘆幫

烏龍院
活寶

肚子快
餓扁了。
咕嚕
去找東西
吃吧！

蘑菇!!
一定是胖師父
給我們吃的!!

我們回來了！
還帶了好吃的蘑菇！

不需要了！
他們倆已經
吃飽了！
中毒啦!!

肚子餓了，
胖師父想吃
點什麼嗎？
現在有個荷包蛋
吃我就滿足了……

嘖嘖，小菜一碟呀！
別說一個了！
一百個蛋我都搞定！
在說你的
數學成績嗎？

看好了！學學師兄
是怎樣免費得到
一百個蛋吧!!
哼！
咳！

死了都要愛!!!

烏龍院
活寶

我這就去給你
找吃的！

這麼
大霧呀！
聰明的
大師兄呀！
不會
迷路呀！
到處做
記號呀！

食物
找到了……
記號卻
不見了……

別跑！
我迷路了!!

找到雞蛋，
丟了路標……
迷路了！
怎麼辦？

找到啦！

我實在
太聰明了！

一下子畫太多
標記迷路了……
豬呀!!

烏龍院
活寶

發現一隻雞！
YES

有雞一定有蛋!!
這回胖師父有吃的啦！

喂禿驢！這隻雞是我先盯上的!!

好哇！果然是妳這隻狐狸精勾引我老公!!
不是那樣的……大嫂您聽我解釋！

是雞窩！
有雞必有蛋！

小雞媽，我只要
兩顆小蛋蛋！
咯呱！

雞蛋，
雞蛋在哪裡？
怎麼沒有
雞蛋？
ZA
ZA

笨蛋！
不認識字嗎？
這裡怎麼
會有雞蛋!!
男生宿舍
女生勿近

烏龍院
活寶

用調虎離山之計
偷荷包蛋……

有賊呀！來人呀！
嗯？
得出去看看。

咦？
蛋哪去了？

讓我找到賊，
非一鍋扁死他
不可！
連蛋也被
調離山了……

偷蛋賊 !!
看我拍扁你 !!

在前面！
快追！
奇怪了！
我還沒有
去偷呀……

哇——什麼東西？

變身！
冤枉呀 !!

烏龍院
活寶

臭豬想偷吃
我的蛋嗎？!

休想動歪腦筋 !!

想吃蛋就
過來搶呀！
怎樣？

豬派吸星大法 !!

咕呱咕!!
咯咕咕!
外面的雞受驚了!!
一定是偷蛋的小賊!!

偷蛋賊!!
束手就擒吧!!

!!
!!

我們什麼都看不見!!
咿呀咿呀喲!

烏龍院
活寶

偷蛋賊快出來!!

哇!山神?!

膽小村婦!
嚇破膽了吧!

山神居然淪為
偷蛋賊!
超爛!
太沒行情了!

果然是你這隻
賊豬偷蛋！
嗚咿!!

哼！小小村婦！
有眼不識泰山！
知道本豬是誰嗎？

呿！還裝大牌呢！
難不成你是山神？
冒充山神偷雞蛋
的賊豬！
頂多只是在
四格漫畫裡
能站著說話
的豬罷了！

我的主人是
可以減你們稅
的人哦！
豬大爺！小小心意，
不成敬意!!

烏龍院
活寶

哇！村婦被
怪物抓住了！

該不該去救她們呢？萬一被K，
面子可是丟盡了呀！
PON!

不但犧牲了自己，
也救不回村婦。
損失了荷包蛋，
回去還得挨罵！

都吃光了
還在想!!
啾——

第23話
智鬥葫蘆幫

好大的
霧呀！
估計我們
已經迷路……
從剛才開始
就好像一直
在繞圈。

咦？大姐頭這周
圍有很多標記！
順著這些標記，
定能找到路。
真的周圍
都有呢。

諸位看來是
迷路了吧！
地圖專賣

烏龍院
活寶

葫蘆幫殺來了！
快想辦法。
嘿！嘿！
!
嘿！嘿！嘿！

別擔心！
我已設好陷阱！

哇！有陷阱!!

你是用自己的尺寸
挖陷阱的吧？

對方人數眾多，
要分散注意力
才能脫身！

對了！大師兄
曾經教過我
一個奇招！

嗚咿呀！！

奇……怪……
為什麼沒人尖叫……？
這小朋友在
幹什麼……？

烏龍院
活寶

想抓我？
沒那麼容易！

旱地拔蔥!!

這招的優點就是可以垂直騰起，是十分有效的突圍招數!!

缺點是會垂直降回原地。
……

小光頭喝了掏心液，有問必答哦。

長眉哪去了？快從實招來！

那天早上我跟師父在小食店……
……然後到了斷雲山……

……在苦菊吃了一頓飯，全是地瓜……
……做了一個氣球，然後……
艾飛跟小師弟大聲喊……
然後我們也出發了……
……鐵堡出現在我們眼前……
鼾
鼾
鼾
鼾
鼾
ZZZ…
ZZZ

烏龍院
活寶

你大師父哪去了？快說 !!
不說！一個字也不說！

寧死不屈，不愧是我徒兒。
啪!!
啪!!

不稀罕！不要！不說 !!
瞧我給你拿吃的來了。
光頭哥，別再讓我心疼了，還是快招了吧！

長眉去五老林主根找活寶了 !!

長眉去取活寶，
我們在此守株
待兔便可！

PON!
!
是兔子呀!!

幾天來一
直有兔子
撞上樹呀！
這成語真
是靈驗得
不得了。
超好
吃的！
兔肉吃到飽，
感覺真好。

餓呀！
長眉回來啦！
大家快起來！
這是肥兔
守株吧！
嗝
隨便啦……
好飽，
不想動……

烏龍院
活寶

我要取出活寶，挽救五老林！

四妹如此有決心，我們真慚愧呀！

五老林得救之後，又將是一片生機吶！

到時候就把老木頭都賣給商人，做古董家具！
發財囉！

有……
有人來了!!

好快的身手！
怎麼辦到的？

哇—— !!
吼！

烏龍院
活寶

這麼快就
回來啦？

你……你怎麼
帶回一個孩子？

你聽
我說……
這孩子其實就是……

不可原諒！有孩子
還跟四妹交往！
KON

第24話
苦戰黑森林

烏龍院
活寶

哎呀！秀髮全被
你弄斷了啦！

人家好不容易
才留這麼長！
不哭不哭！我幫妳
黏回去就是了嘛！

哇！黏得很好呢!!
什麼牌子的
膠水？

艾飛的鼻涕
黏力特強！

防護網
打開了！
哇！
掉下去啦！

完蛋！要摔死吶！
別怕！
用我的
長髮功！

四小姐長髮
功真棒！

捆到大石頭了！

烏龍院
活寶

艾飛穴道未解，
掉下去會
摔成肉泥！

我來解穴！

你點到她笑穴了！
HA HA HA HA HA HA HA HA HA HA

快去找封印
活寶的石棺！

找到石棺啦！
太好了！

咦？還有嗎？
Bo Bo

這裡以前是
石棺工廠嗎？

據說打開石棺將會
受到殘酷的懲罰！

要開棺了，
大家小心！

升起一個大師兄
的人像！

果然是
殘酷的懲罰！

百箭穿心，
百毒蝕胃，
想得到寶物
要有膽量！
寻宝攻略
我不怕，
我去！

來吧！我願接受
任何挑戰！

好可怕！長眉
還是你來吧！

先通马桶
想得宝物
怎麼能讓
淑女通馬桶！
好過分呀！

烏龍院
活寶

存放活寶的石棺
居然是空的！

WU
WU
天吶！一切希望
都落空了！
WU
WU

木將軍被真誠的
淚水打動現身了！

快拿走吧！求你們
別再吵我睡覺了！

一股神祕力量
把她吸了過去！

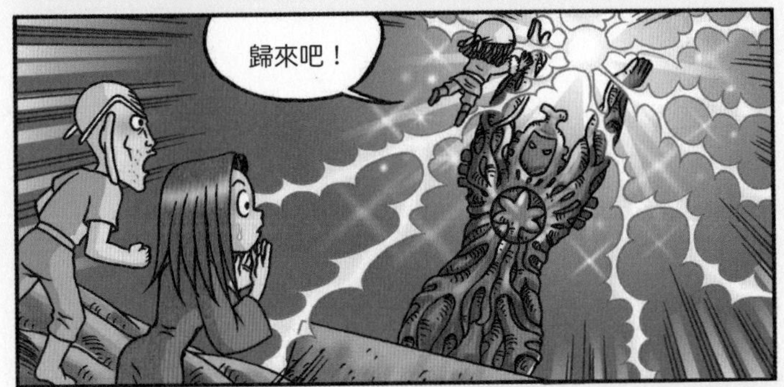
歸來吧！

合體！

變成少女
木將軍啦！

烏龍院
活寶

活寶終於在強人
守護者中出現！

跟活寶結合了！

我感覺現在
充滿力量！
哇，果然
神奇！

木頭放太久，都
冒大朵香菇了。

再見！
保重。
她傷了胖師父，不報仇嗎？

已偷偷把她的名表搞爛。
讓她做事全亂套，夠狠！

HONG!

怎麼提前爆炸了？

烏龍院
活寶

哇！是食人熊！

我頂住，
妳快點跑！
太捨己
為人了。

嗷——！
哇！怎麼只追我！

書上寫的果然沒錯，
熊喜歡追跑動的物體。

那邊有塊牌。
去看看！

SWAAA

卑鄙！居然用偷襲！

不是已經寫得很清楚了嗎？
小心偷襲

烏龍院
活寶

全身經脈已斷，
在這等死吧！

慘了，動不了！

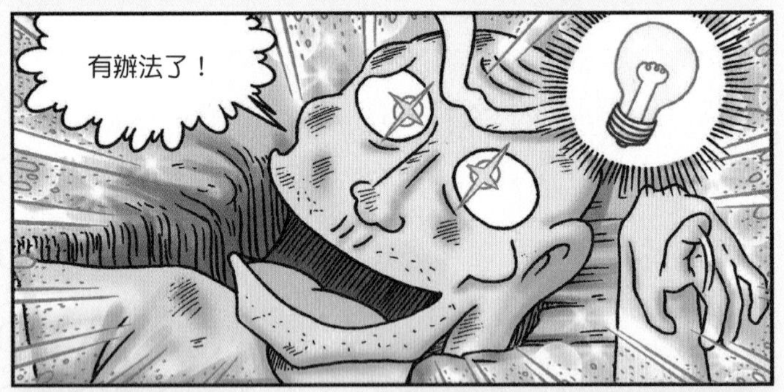
有辦法了！

幸虧沒把長眉
也打斷！

全身經脈已斷！
我來救你。

烏龍院
活寶

埋伏在此，長眉一出現
就馬上發射暗器。

先練習一次！

幹得好！等下出手
也要這樣快！

不過剛才已把全部
暗器用光了！

在這裡
埋伏長眉。

拿出妳們最厲害的
暗器，要第一時間
擊暈長眉！

妳的暗器呢？

一個月沒洗
的襪子。

烏龍院
活寶

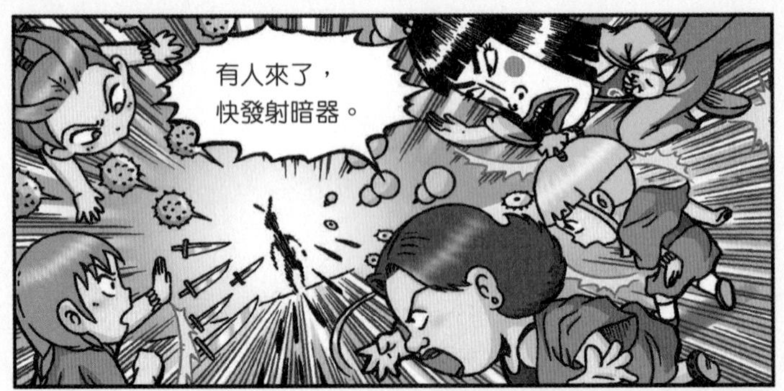
有人來了，
快發射暗器。

慘了，原來是
林公公。

還好！只中了
一個！

有敵人！
發射暗器！

哎呀！原來是
林公公呀？
得快點吃解藥。

快把解藥
吞下！

他中的是見血封喉針，
吃東西會死的。
无解

裝樹熊？
還要瘋到什麼時候？!
啊吧。

大姐，我可以用催眠術讓林公公復原。

你是林公公。
你是林公公。
你是林公公。
你是林公公。
你是林公公。

復原過頭了啦！
我是林公公。
勇

快說出活寶的祕密！

絕不違背誓言！
打死也不說！
酷！

還打算用元寶做獎勵呢，不說就算了。
金

但可以把答案寫給妳嘛！
呵呵呵！

烏龍院
活寶

用掏心液逼大師兄
說出活寶下落！

親愛的小光頭，
讓我用熱唇餵你
掏心液。
咕嚕
咕嚕

嗚……他還是
不肯開口！
不可能！

我不小心喝了，對他說了許多
真心話，他也不肯開口。
WU~
WU~
……

被你打斷全身經
脈的長眉竟沒死。
？

還活得好好呢！
竟有這種事？
可惡。

長眉又要慘了！
不行，
我找他去。

如此神功
教教我吧！

烏龍院
活寶

長眉這傢伙落單了，
我們執行人質戰術！
是！

長眉老頭，
我帶了位老朋
友來見你！
啊！難道
大頭被……

不許反抗喔，否則你
老朋友性命不保！

大頭怎麼會有
四隻腳！
穿幫了！
好可憐！

時報漫畫叢書FTL0874

烏龍院活寶Q版四格漫畫 第3卷

作　　者—敖幼祥
主　　編—陳信宏
責任編輯—尹蘊雯
責任企畫—曾俊凱
美術設計—亞樂設計

發 行 人—趙政岷
編輯顧問—李采洪
贊助單位—文化部

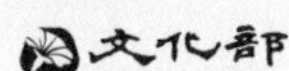

出 版 者—時報文化出版企業股份有限公司
10803臺北市和平西路3段240號3樓
發行專線—（02）2306-6842
讀者服務專線—0800-231-705・（02）2304-7103
讀者服務傳真—（02）2304-6858
郵撥—19344724 時報文化出版公司
信箱—臺北郵政79～99信箱
時報悅讀網—http://www.readingtimes.com.tw
電子郵件信箱—newlife@readingtimes.com.tw
時報出版愛讀者粉絲團—http://www.facebook.com/readingtimes.2
法律顧問—理律法律事務所　陳長文律師、李念祖律師
印　　刷—和楹印刷有限公司
初版一刷—2019年3月22日
定　　價—新臺幣280元

時報文化出版公司成立於1975年，1999年股票上櫃公開發行，
2008年脫離中時集團非屬旺中，以「尊重智慧與創意的文化事業」為信念。

烏龍院活寶Q版四格漫畫/敖幼祥作
ISBN 978-957-13-7680-6　(第1卷：平裝)　NT$：280
ISBN 978-957-13-7681-3　(第2卷：平裝)　NT$：280
ISBN 978-957-13-7682-0　(第3卷：平裝)　NT$：280
ISBN 978-957-13-7683-7　(第4卷：平裝)　NT$：280
ISBN 978-957-13-7684-4　(第5卷：平裝)　NT$：280
ISBN 978-957-13-7685-1　(第6卷：平裝)　NT$：280

烏龍院活寶Q版四格漫畫(第1-6卷套書) / 敖幼祥作
ISBN 978-957-13-7686-8　(全套：平裝)　NT$：1680